Disney
MICKEY y sus amigos

Primeros números

Repasa los trazos con un rotulador especial. ¡Intenta empezar en los puntos negros!

Nota para los padres: las flechas rojas indican la dirección de trazo que tienen que seguir los niños que escriben con la izquierda.

cliper

0

cero

Practica con Mickey

0

Dibuja un cero en el cuadro de Minnie.

1 ·

uno

Practica con Mickey

1

Dibuja un círculo alrededor de la magdalena con una vela de cumpleaños.

¡Qué gran idea, Mickey! Dibuja una bombilla.

2 dos

Practica con Mickey

2

Une de dos en dos las galletas que tienen la misma forma.

Traza los 2 roscones que está preparando el pato Donald.

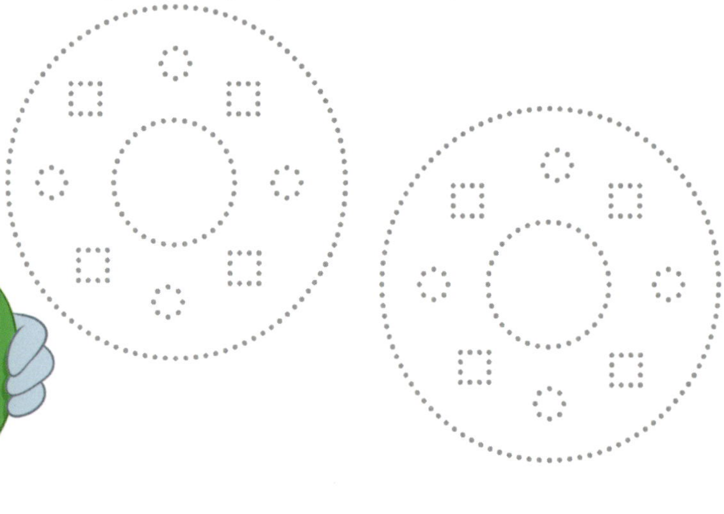

3

tres

Practica con Mickey

3

Dibuja círculos alrededor de los 3 coches que van hacia la derecha.

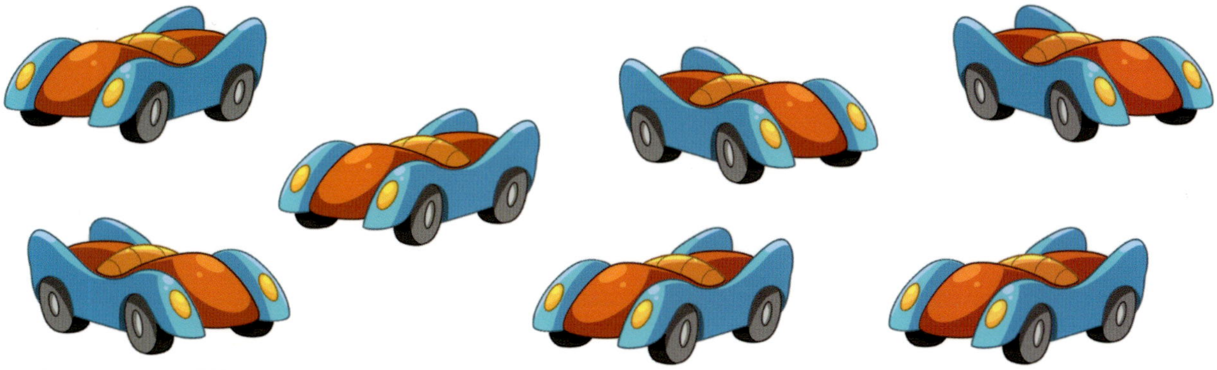

¿Cuántas mariposas hay? Trázalas.

4

cuatro

Practica con Mickey

4

Dibuja círculos alrededor de los 4 adornos navideños de color rojo.

Traza las 4 bolas que faltan y píntalas como más te guste.

5

cinco

Practica con Mickey

5

Dibuja círculos alrededor de 5 paquetes de color azul.

Traza 5 globos.

6

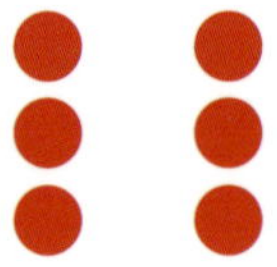

seis

Practica con Mickey

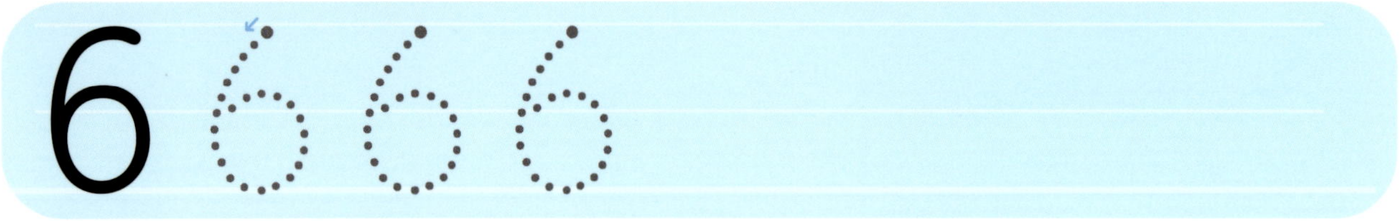

Colorea 6 manchas de color verde y 6 de color naranja.

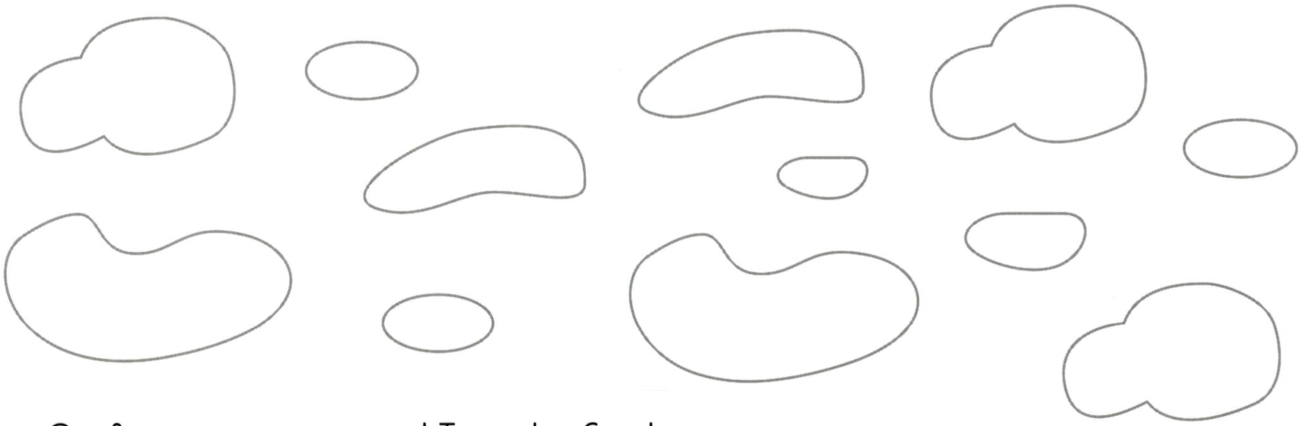

¡Goofy es un gran artista! Traza las 6 nubes.

7

siete

Practica con Mickey

7

Dibuja círculos alrededor de los 7 lazos. ¿Cuál le pondrías a cada personaje?

Traza 7 estrellas alrededor de Mickey.

8

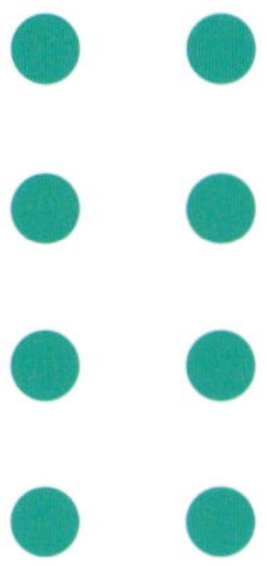

ocho

Practica con Mickey

8

Dibuja círculos alrededor de 8 flores de color amarillo.

Traza 8 corazones.

9 nueve

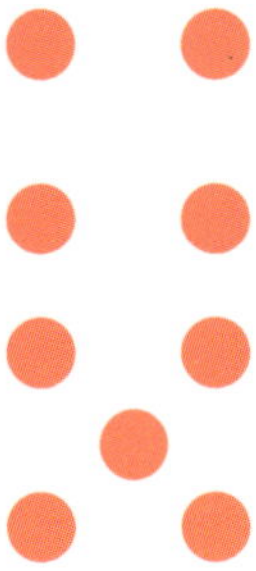

Practica con Mickey

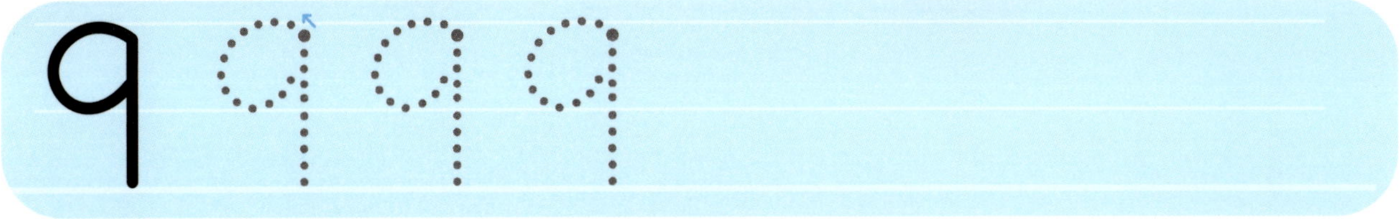

Dibuja círculos alrededor de 9 frutas y hortalizas diferentes.

¡Qué rico, el helado! Traza los 9 polos.

10

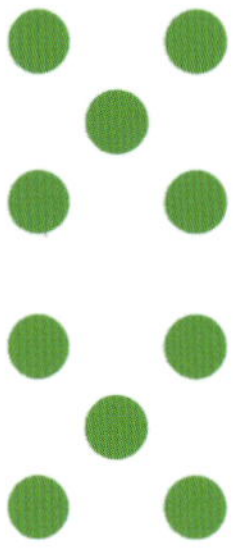

diez

Practica con Mickey

10

Traza las 10 velas de cumpleaños.

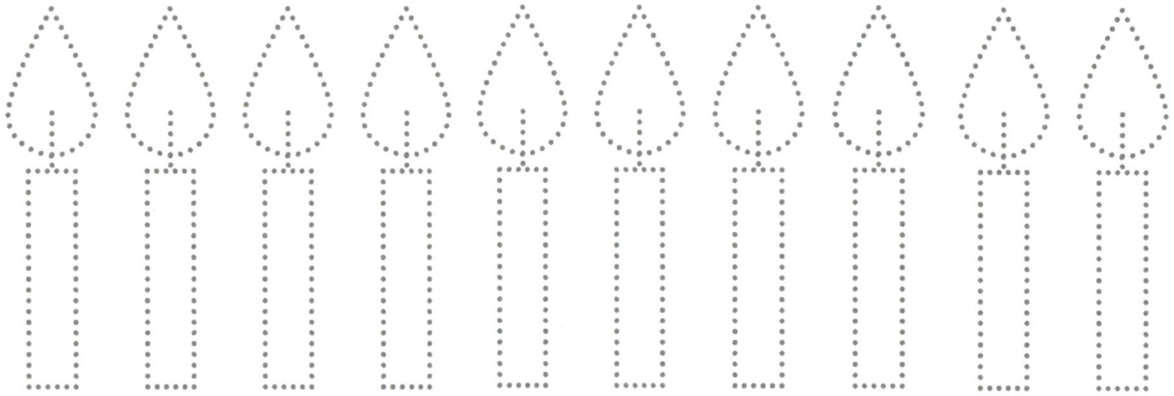

¡Mickey hace magia! Traza el mango de las 10 varitas mágicas.

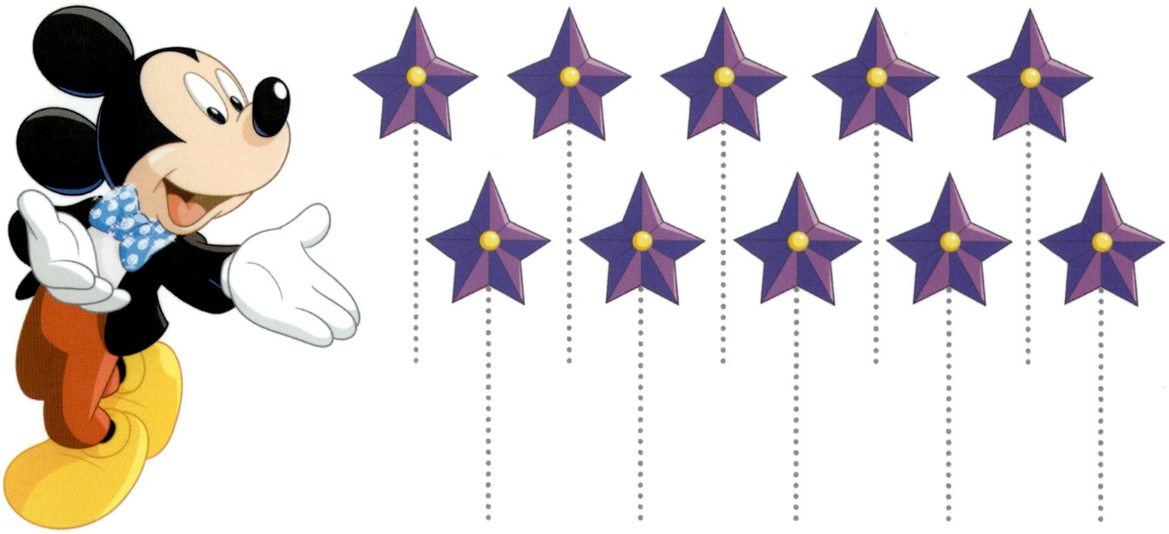

¿Cuántos?

¿Cuántas tablas de surf hay? ¿Y gaviotas?

¿Cuántos globos hay?

¿Cuántos pantalones hay?

¿Cuántos flotadores tiene Goofy?

Del 11 al 20 ¡Sigue contando!

Cuenta los dibujos y traza los números sobre las líneas de puntos con tu rotulador especial.

11

11

once

12

12

doce

13

13

trece

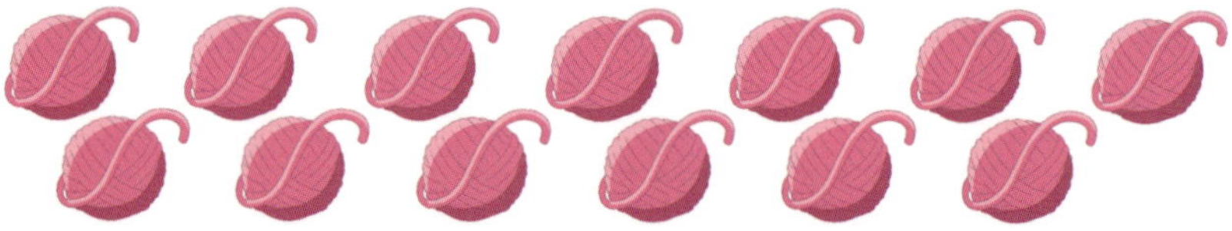

14

14

catorce

15

15

quince

16

dieciséis

16 16 16 16 16

17

diecisiete

17 17 17 17 17

18

dieciocho

18 18 18 18 18

19

diecinueve

19 19 19 19 19

20

veinte

20 20 20 20 20

Un poco más de práctica

Vuelve a trazar los números. ¡Practica con Mickey y sus amigos!

cero

0

seis

6

uno

1

siete

7

dos

2

ocho

8

tres

3

nueve

9

cuatro

4

diez

10

cinco

5